J. TRUFFIER

LE SECRET DE LA CLOCHE

EXTRAIT DU *CORRESPONDANT*

(DU 10 AVRIL 1925)

PARIS

IMPRIMERIE LOUIS DE SOYE

18, RUE DES FOSSÉS-SAINT-JACQUES (Vᵉ)

1925

J. TRUFFIER

LE SECRET DE LA CLOCHE

EXTRAIT DU *CORRESPONDANT*

(DU 10 AVRIL 1925)

PARIS

IMPRIMERIE LOUIS DE SOYE

18, RUE DES FOSSÉS-SAINT-JACQUES (Vᵉ)

1925

LE SECRET DE LA CLOCHE[1]

PERSONNAGES

MAITRE SIMON, fondeur de cloches. — BERNARD, jeune ouvrier fondeur. — JÉROME, vieil ouvrier fondeur. — MADELEINE, fille de Maître Simon. — DEUX MANŒUVRES, personnages muets.

Une fonderie de cloches, en Picardie, au xviiie siècle.
Salle basse. Tables, sièges. Au fond, bahut avec tiroir. A droite, l'atelier où se trouve la cuve dans laquelle l'alliage des métaux est censé bouillir. Cet atelier, où l'on doit procéder à la fonte de la cloche, reste invisible au public. A gauche, la chambre de Madeleine.

SCÈNE I

SIMON, *seul.*

Nuit complète. Symphonie musicale; cloches aux sons de divine allégresse. — Simon, assis près de la table du milieu, s'est endormi, la tête appuyée sur l'un de ses poings fermés. Il semble rêver délicieusement. Lorsque cesse la symphonie, Simon s'éveille.

SIMON, *s'éveillant.*

Ineffables accents qui grisiez mon oreille,
Je ne vous entends plus alors que je m'éveille...
— Timbres évanouis, je veux vous retrouver,

1. Bien avant que *L'âme de la grande cloche*, conte préhistorique du Céleste Empire, ait été paraphrasé par plusieurs adaptateurs, un mien ami, professeur dans le Blésois, François Simon, avait, dans une sorte de nouvelle dialoguée, mis à la scène le fondeur de cloches dont l'art est impuissant à réaliser le son ineffable qu'il entend dans ses rêves.
Nous avions, jadis, Joseph Germain-Lacour et moi, d'après le

Moi, le fondeur savant des métaux éprouvés.

Il se lève.

— Célèbre, quoique pauvre ; artiste sans reproches,
Je n'ai pu jusqu'ici, maître dans l'art des cloches,
Je n'ai pu dérober son céleste secret
Au métal d'où la voix de Dieu s'exhalerait...
Je n'ai pas su doser le subtil alliage
Par quoi le chant du bronze et son divin sillage
Irait, élargissant l'écho délicieux,
Là-haut, à mi-chemin de la terre et des cieux !...

Il va s'accouder à la porte de l'atelier.

De cette cuve ardente, écumant sous la flamme,
Va sortir un objet vivant... Avec *quelle* âme ?
Mystère ! qui toujours en son flot me roula...
Je suis le prisonnier d'un bruit...

Désignant son front.

       que j'entends : là !
Du bruit d'un lys sonore éclos dans ma pensée...
D'un lys dont la corolle exquise, renversée,
Semble suavement vider dans l'air natal
Tout son léger pollen de notes de cristal !...
— Que longtemps j'ai pesé ce mystère : Harmonie !
A le réaliser je mets tout mon génie,
Pour que la voix s'en aille, aux quatre vents du ciel,
Porter aux pauvres gens l'espoir essentiel.
— Peut-être que, demain, captive dans ma cloche,
Je l'aurai, cette voix ?...

Entre Madeleine, sortant de sa chambre.

Ma fille !

---

désir de Simon, dressé le plan de trois actes, en suivant à peu près la composition dont je signalais en vain, alors, les vices rédhibitoires à mes collaborateurs, le sujet ne pouvant comporter trois actes.

Nous ne pûmes parvenir à nous entendre, et les choses en restèrent là.

Bien des jours ont passé ! Je suis resté seul avec notre ébauche. J'ai vu mourir, il y a longtemps déjà, mon regretté Germain-Lacour ; et Simon a disparu.

Au seuil de la vieillesse, je tente, aujourd'hui, de réaliser ce petit poème qui, je le répète, ne pouvait fournir que la matière d'un acte. — Jules TRUFFIER.

SCÈNE II

SIMON, MADELEINE

SIMON.

Vite, approche.

MADELEINE, *gaiement.*

J'ai prié pour vous.

SIMON.

Viens. Viens... Je veux voir tes yeux
Et t'entendre parler.

MADELEINE.

Vous semblez anxieux ?
Pourtant avant souper vous paraissiez en fête.

SIMON.

Le poids noir de la nuit rend toute âme inquiète,
Lorsque demain nous garde un terrible secret...

MADELEINE, *indifférente.*

La cloche n'aura pas le timbre qu'il faudrait ?...
Qu'importe !

SIMON, *ardemment.*

L'avenir est voilé de mystère !...
Si je crains, ce n'est pas pour moi, qui, sur la terre,
Las et vieux, ne dois plus passer que peu de temps !
Au seuil du grand repos, je pense à tes vingt ans.
Va, je ne songe guère à dorer ma mémoire
De la couche fragile et mince qu'est la gloire !
Si j'attends que demain soit conforme à mes vœux,
Et si j'espère, et si je lutte, et si je veux,
Ma fille, c'est pour toi bien plus que pour mon rêve.
L'arbre que j'ai planté, soigné, nourri de sève,
J'attends de lui mieux que des fleurs et des parfums.
Je veux, après l'avril et le printemps défunts,
Laisser entre tes mains le fruit né des corolles,
Le doux fruit du bonheur dont les âmes sont folles.
C'est l'automne, et demain tu cueilleras le fruit ;
Il ne faut plus, pour qu'il soit mûr, rien qu'une nuit !...

MADELEINE, *tendrement.*

J'aimais tant avec vous les fleurs de l'espérance
Que je regarde l'arbre avec indifférence
A l'heure où le fruit mûr voudrait tenter ma main.
J'aimais la fleur. Quel goût aura le fruit, demain ?

*Bernard, sans être vu, est entré, sortant de l'atelier. Il allait sortir
par le fond, mais il reste, rêveur, en regardant Madeleine avec amour.*

SIMON.

O la peureuse enfant qui craint et se défie !...
Sois plus brave à lever tes yeux clairs sur la vie !
Laisse mon cœur, que n'avait pas tari l'effroi,
S'incliner vers le tien pour épancher sa foi...

*Il embrasse Madeleine et semble retrouver la confiance dans
le sourire de sa fille.*

Sourions, dans la nuit, à la douteuse aurore,
Et ne permettons point à nos yeux de se clore
Sur les tristes tableaux qui hantent les fronts las.
Je veux rêver d'appels joyeux et non de glas,
Et que « demain », du fond des songes, nous sourie.
— Vois comme il nous sourit... demain !... Je te marie
Au fils d'un homme riche !...

Bernard tressaille à ces mots, et se cache au fond, d'un air farouche.

MADELEINE, *rêveuse.*

Est-ce le bonheur ?...

SIMON, *avec un enthousiasme naïf*

Dis.

Que je fixe sur terre ici le paradis !...
Car l'on célébrera bientôt, de proche en proche,
Un bonheur éternel né du son d'une cloche !

MADELEINE, *incrédule.*

Peut-être est-ce un mirage aussi du pays bleu !
Vous allez vite... vite... et je m'essouffle un peu
A suivre dans l'azur le vol de vos chimères...
Vous bâtissez sur des assises trop sommaires
Ce beau palais de joie où vous vous complaisez.

SIMON.

Mais...

MADELEINE, *l'embrassant.*

Gardez votre rêve... avec ces deux baisers...

SIMON, *en confidence naïve.*

Le marchand de métaux ignore ma recette !
Un cuivre !...

MADELEINE, *souriant.*

Vous jouez *l'Avare* et sa cassette !...

SIMON, *sérieux.*

Je songe aux fiancés qui deviendront époux...

Bernard, au fond, fait un geste de révolte.

Le secret de ma cloche est du bonheur pour tous...
Y compris les amis qui tentent ma fortune !...

MADELEINE, *souriant.*

Votre dernière chance !

SIMON.

Il ne m'en reste qu'une
C'est mon dernier espoir !... Après ?... la pauvreté !
— Trente écus pour ce cuivre... Il va m'être apporté
Tout à l'heure, au lever du jour, par mon fidèle,
Mon Bernard, ton ami d'enfance...

BERNARD, *au fond, farouche, à voix contenue.*

Indigne d'elle,
Parce qu'il n'est pas « riche » et naquit artisan !...

MADELEINE, *câline, à son père.*

Son père vous sauva, jadis ! — Convenez-en,
Nous sommes oublieux...

SIMON, *avec un semblant d'humeur.*

De quoi ?

MADELEINE.

De maint service.

SIMON.

Je me suis acquitté. Voudrais-tu que je visse
La fille de Simon femme d'un apprenti ?...
Jamais !... Je t'ai trouvé, mon enfant, le parti
Qu'il te faut... Obéis. Je le veux...

BERNARD, *douloureux.*

Madeleine !...

Simon.

Avant que le soleil luise enfin sur la plaine,
Allons nous reposer un moment, jusqu'au jour...

A Madeleine qui essuie ses yeux.

Voyons, ne pleure pas...

Il l'entraîne doucement.

Viens.

Madeleine, *lentement, à elle-même.*

Mon rêve d'amour !...

Il sortent à gauche, le jour vient progressivement.

SCÈNE III

Bernard, *seul.*

Il regarde la porte par laquelle viennent de sortir Madeleine et son père et il s'écrie avec douleur :

C'est « folie », aujourd'hui, que ce rêve se nomme !

Rappelant les paroles de Simon, avec rage.

« Au fils d'un homme riche !... » Et je suis fils d'un homme
Humble, qui mourut pauvre, à la tâche, céans,
Après avoir servi la maison quarante ans !
— Moi, « son ami d'enfance »...

Elle m'aime !...

Après un temps.

Son père

Encourageait mes vœux, autrefois... Il espère,
Aujourd'hui, l'impossible... Il me dédaigne ! — Enfant
Dont il a trop bercé le rêve décevant,
J'irai, je le sens bien, jusqu'au bout de l'idée
Qui me domine et tient mon âme possédée !...
Puisque le maître dit : « Si la cloche a, demain,
Le son qu'il a rêvé, c'est le signal d'hymen !... »
— Si ce timbre fatal dépend d'un peu de cuivre,
Et si le possesseur de ce métal le livre,
Plus d'espoir !...

Résolu.

Le marchand ne le livrera pas.
Malgré l'émotion qui fait trembler mon bras,

Je jetterai cet or, qui doit payer l'échange,
Dans la cuve, et, donnant une âme au vil mélange,
Mon cœur rachètera son amour plébéien
En me jetant moi-même au brasier...

Il va prendre les trente écus dans un tiroir, au fond.

Rien ! plus rien

Après ces trente écus !...

Il a pris la somme, avec une joie féroce.

C'est ta ruine, Maître !...

Il se dirige rapidement vers l'atelier.

Qu'ils rejoignent au feu la cloche qui va naître !...

Il va jeter l'or dans la cuve.

Musique.

SCÈNE IV

SIMON *rentre en scène.* BERNARD.

Simon.

Je ne puis fermer l'œil...

Voyant Bernard sortir de l'atelier.

C'est toi, Bernard ?

Bernard, *sombre, avec assurance.*

C'est moi.

Simon.

Pourquoi n'es-tu donc pas encore parti ?

Bernard, *hostile.*

Pourquoi ?

Parce qu'on a volé votre or...

Simon se précipite vers le tiroir ouvert.

Peine inutile !

Vos écus n'y sont pas !

Simon, *fouillant le tiroir.*

Non !... Chercheur malhabile !

Tu n'as point su...

Après avoir bouleversé le tiroir.

Volé !... Plus rien !... Je suis perdu.

Quand déjà le métal devrait être fondu...
— Qui donc a pu voler ?... Dis ?...

Bernard, *serrant les dents.*

Vous le saurez, Maître,
La cloche clamera bientôt le nom du traître,
En lançant jusqu'à Dieu l'écho de ses remords...

Simon, *accablé.*

Voici la fin de tant d'espoirs ! de tant d'efforts !

Bernard, *sincère.*

Le coupable sera puni !

Simon, *tombant assis, désespéré.*

Suis-je un avare ?...
Non ! Les joueurs de viole ou racleurs de guitare
Etaient sûrs de trouver accueil en ma maison...
Voilà ma récompense, aujourd'hui !... Trahison !

Douloureurement.

L'homme qui, sans savoir, emporte ainsi ma joie,
S'il voyait la douleur sous laquelle je ploie,
— Fût-il le moins humain des malfaiteurs, fût-il
Le plus méchant, le plus endurci, le plus vil, —
Aurait compassion de ma peine infinie,
Et, honteux de cet or, devant mon agonie,
L'ayant pris, le rendrait...

Bernard, *ironique.*

En vous faisant crédit,
L'orfèvre traitera peut-être ?...

Simon, *illuminé soudain.*

Oui ! Tu l'as dit...
J'espère encore... Oui !

Se levant, dans la fièvre.

Oui ! Je cours, et je supplie
Ce marchand... Il aura pitié de ma folie...
Il en est temps ! Je vais... Je reviens !... Attendez !

*Il sort précipitamment, au moment où entrent les ouvriers, Jérôme et
ses compagnons qu'il bouscule.*

SCÈNE V

BERNARD, JÉROME, LES COMPAGNONS

Jérome, *ahuri, tient une lettre qu'il s'apprêtait à remettre à Simon.*
Qu'est-ce ?

Regardant Bernard qui marche fiévreusement.

Seraient-il tous du démon possédés ?
Que veut dire cela ? Mystère sur mystère !...
Hier soir, le fiancé, d'un air autoritaire,
M'a remis pour Simon ce billet très pressant.

BERNARD, *brutal.*

Tu le lui remettras plus tard !...

JÉROME.

Le maître absent
Trouvera cette lettre. Attendons !

Il place la lettre en évidence sur la table.

BERNARD, *aux ouvriers.*

Non ! à l'œuvre !

Résolu, fébrile.

Laissez l'inquiétude au patron ! Le manœuvre
Se doit à sa besogne. Attendre ne vaut rien.
— Que son dernier espoir s'abîme avec le mien...

JÉROME, *sans comprendre.*

Que dis-tu ?

BERNARD, *se dirigeant vers l'atelier.*

Viens...

JÉROME.

Tout est-il prêt ?

BERNARD, *autoritaire.*

Oui !

Ils entrent dans l'atelier. Musique. Bruits confus de métal en fusion. Voix diverses. Rumeurs dominées par la voix impérative de Bernard et les objurgations des compagnons. La scène reste vide pendant la symphonie.

BERNARD, *dans le tumulte, à la cantonade.*

Laissez faire !

VOIX DIVERSES.

Attention ! — Bernard ! ---

BERNARD.

Ce n'est point votre affaire...

VOIX DIVERSES.

Ah !... — Tenez-le ! — La cuve !...

JÉROME *et les voix.*

Il va tomber dedans !

Arrêtez !... malheureux !... Quels efforts imprudents !...

Cris divers. On entend le commandement de Jérôme.

Halte !...

SCÈNE VI

MADELEINE, JÉROME, BERNARD

MADELEINE, *accourant les cheveux flottants sur ses épaules.*

Pourquoi ces cris ?

Voix inquiète.

Bernard !

Jérôme rentre avec deux ouvriers qui portent Bernard, évanoui, les mains tuméfiées, le visage noirci, les vêtements brûlés. On étend par terre Bernard. Madeleine s'empresse. Elle va chercher des linges, de l'huile dans une aiguière.

JÉROME.

J'ai pu l'étreindre !

Il se penche sur Bernard.

Ce n'est pas grave...

Renvoyant les ouvriers à l'atelier.

Allez. Ne laissez pas éteindre

Le feu...

MADELEINE, *s'est empressée ; elle soigne Bernard et fait signe à Jérôme de se taire.*

Chut !...

JÉROME, *voyant Bernard ouvrir les yeux.*

Il revient à lui.

MADELEINE, *bas, encourageant Bernard.*

Bernard !

JÉROME.

Morbleu !

BERNARD, *voyant Madeleine comme dans un rêve.*

Elle !...

JÉROME, *enveloppant les mains de Bernard, avec jovialité.*

Tu sais vraiment jouer avec le feu !

Quelle alerte !

A Madeleine.

On dirait, patronne, que, lucide,
Il avait ruminé quelque affreux suicide,
Comme on en lit dans les détestables romans
Qui finissent toujours par la mort des amants...
— Il faut vivre ! quand-même !... Il faut vivre !...

MADELEINE, *attentionnée à Bernard, répète tendrement.*
                            Il faut vivre !
Travailler... et souffrir !...

JÉROME, *joyeux.*
                    Le voilà, le bon livre
Que tout homme devrait connaître : Le Devoir !...
            On aide Bernard qui se lève avec difficulté.
Mais notre patient peut enfin se mouvoir...

BERNARD *lutte avec la douleur et s'agite comme en délire.*
Madeleine, merci. — Retournons à l'ouvrage !

JÉROME, *gaiement.*
Il n'avait plus, ces jours passés, tant de courage !

MADELEINE *à Bernard.*
Non, restez près de nous...

BERNARD, *frémissant.*
                Pas ici !...
            Il désigne le tiroir du fond.
                        Car voilà
Le témoin de mon cœur faible qui chancela !...

JÉROME *à Madeleine.*
La fièvre !...

BERNARD, *délirant, s'agitant.*
            Ainsi qu'un lacs, caché sous de la mousse,
La haine était au fond de mon âme très douce !
Plus de mousse... à la place, un dur ressort de fer !
Plus de sérénité dans mon âme !... l'enfer !...
La curiosité des effets de mon crime !
Le mal condamne au mal !... Il faut que je comprime
L'aveu sincère et vrai qui jaillit malgré moi...

JÉROME, *inquiet.*
Il délire...

BERNARD, *exalté, fiévreux.*

Jérôme ! entends-tu le beffroi ?...

...Il attend...

Musique.

Regardant autour de lui.

Seuls encor ici ?... Je m'en étonne...

Avec une furie tragique.

Les compagnons ?... Le Maître ?... Où sont-ils donc ?...
                                          [Personne ?...

Madeleine !... Je suis en droit de m'étonner,
Puisque l'on fond la cloche... et qu'elle va sonner !...
Je comprends le motif de leur indifférence...

Il rit d'un rire de dément.

Ils croyaient au succès ?... N'ont-ils plus d'espérance !...

A Madeleine et à Jérôme qui tentent de le maîtriser.

Laissez-moi !... Je suis fort !... Je vais... Chacun son tour...
C'est fini de rêver !... Que tout, à son retour,
Soit prêt !... Je sentirai le remords qui me pèse
Moins lourd, si j'ai tué, cloche, ta voix mauvaise...

Au paroxysme de la fièvre.

Autrefois, les fondeurs, à l'instant capital,
Où le moule en ses flancs recevait le métal,
Chantaient une chanson... Voici le moment proche...
Je veux dire comme eux la chanson de la cloche...

Terrible, halluciné, dominant la musique.

Réveille-toi dans le beffroi,
O cloche, j'ai besoin de toi,
Un fils m'est né cette nuit même ;
Sonne gaiement pour son baptême !
— C'est grand'fête au calendrier :
Ma fille va se marier.
Sonne gaiement les épousailles !
Qu'on t'entende jusqu'à Versailles !

Rires tragiques de dément.

...Voici la fusion complète des métaux
Où le cuivre a manqué pour les sons les plus beaux !...
J'ai besoin, une fois encore,
O cloche, de ta voix sonore...
Sonne plus longtemps et plus fort,
Car voici l'heure de ma mort.

Au summum de la crise nerveuse, il chancelle, hagard.

La cuve !... Elle a livré ce qui bouillait en elle.
Le bronze en ce moment prend sa voix éternelle,
Gai chanteur de bonjour, grave sonneur d'adieu ;
Et l'âme de la cloche est née !...

Défaillant, épuisé.

...Eteins le feu ! !

Jérôme le reçoit dans ses bras.

MADELEINE.

Menons-le dans la cour...

JÉROME.

Vite..., car votre père

Tourne la rue...

A Bernard.

Allons, viens avec nous... Tempère

Cette ardeur...

*Jérôme et Madeleine emmènent Bernard qui se laisse guider comme
un enfant. Ils sortent. La musique cesse.*

SCÈNE VII

SIMON *revient.*

SIMON, *accablé.*

Le marchand a refusé ! Sans or,
Pas de cuivre !... Allons...

Il va jusqu'à la porte de la chambre de sa fille, puis il se ravise.

Non ! Ne disons rien encor...
L'enfant verra trop tôt ce que c'est que la vie !
— ... Nul ne sait l'horizon que la côte gravie
Lui garde pour le soir... Nous ne savons jamais
Quel vertige inconnu peut nous prendre aux sommets.
L'habitude nous lisse aux pieds la douce argile
Et fait trouver la pente, à mi-côte, facile...
Mais le sommet douteux nous hante quelque jour :
Vieux, c'est une chimère, et jeunes, c'est l'amour !
Heureux les jeunes gens dont la folle chimère
Vit et rit devant eux ! Ma peine est plus amère :
Ce que j'aimai d'amour fut et ne sera plus !
Je reste le chercheur aux efforts superflus !
L'avenir au vieillard ne peut plus rien promettre...

Il voit la lettre sur la table.

Une lettre ?... pour moi !... Quel malheur cette lettre
Présage-t-elle ?... Hélas ! quelques nouveaux tourments !...
Je n'ose pas l'ouvrir... De noirs pressentiments
M'assaillent...

Il lutte, puis ouvre la lettre.

Non ! Lisons... Bien peu me reste à craindre.
Je cherche où le malheur pourrait encor m'atteindre...

*Après avoir lu vivement, il se laisse tomber, découragé, sur un siège.
Il relit tout haut avec un tremblement de tout son être.*

« Lorsque j'ai recherché votre fille, il est vrai
« Qu'elle, d'abord, je la trouvais fort à mon gré.
« Mais je comptais aussi, je le dis sans reproches,
« Entrer dans la maison d'un bon fondeur de cloches.
« Or vous ne vendez pas de cloches pour un sol !
« Vous vivez dans le ciel ; moi, je vis sur le sol ;
« Et, las de fabriquer des cloches sans en vendre,
« Je renonce à l'honneur d'être un jour votre gendre ».

Simon demeure accablé.

Voilà le résultat de nos labeurs, si vains,
Lorsque, malgré l'effort, manquent les sons divins !...
Nul ne croit plus en nous... Les amis, d'un cœur lâche,
Trouvent la tâche lourde... et rejettent la tâche...
C'est là le dernier coup qui m'était réservé !
Ma dernière œuvre, hélas ! n'est qu'un auto-da-fé !

Voix au dehors.

SCÈNE VIII

LES MÊMES, SIMON

BERNARD, *échappant à Jérôme et à Madeleine,
qui essaient de le retenir, exalté.*

... Il faut que, devant tous, je libère mon âme !

On veut le retenir encore.

Laissez-moi !...

A Simon.

Le coupable insensé... Moi ! l'infâme
Qui sema parmi vous la ruine et l'effroi,
Qui ravit l'or dont vous attendiez tout... C'est moi !

Tous.

Bernard !

SIMON, *terrifié en voyant Bernard quasi défiguré,*
les mains enveloppées.

Dans quel état !... Parle ! Que veux-tu dire ?...

BERNARD.

Le hideux criminel que vous devez maudire,
C'est moi, qui follement tantôt vous immola !
Vous devez un exemple à tous ! Après cela,
Tuez-moi ! Je suis prêt... car j'ai l'âme trop haute
Pour ne pas étouffer de remords sous ma faute.
Je ne prévoyais pas qu'on pût souffrir ainsi !...
Achevez le coupable... Il vous dira merci !

SIMON.

Dis que tu n'as pas su d'une manière exacte
Quel mal tu me faisais en commettant cet acte !...
Dis que tu n'as pas su que tu me dérobais
Tout l'avenir !... tout mon bonheur !...

BERNARD, *avec éclat.*

Je le savais !...

SIMON, *hors de lui.*

Quoi ! tu savais ?... — Prends garde à mon bras qui se lève ! —
Qu'en me volant mon or, tu me volais mon rêve ;
Que ton crime, aujourd'hui, c'était ma mort, demain ;
Et que, pour l'agonie effroyable, ta main
Me poussait dans l'abîme où je me désespère !...

BERNARD, *dans la folie.*

Je le savais !

SIMON.

Alors... plus de pitié !
Il lève le bras sur Bernard qui tombe à genoux.

MADELEINE, *se précipite entre Bernard et Simon.*

Mon père !

Arrêtez!... Quel spectacle !... Oh ! ciel... que faites-vous ?...
Montrant Bernard blessé, gémissant.
Voyez !... Ne frappez pas un pécheur à genoux.

SIMON.

La fureur n'arme point mon bras... et c'est justice.
Que sur ce criminel ma main s'appesantisse.
Criminel envers moi, criminel envers toi...
Tu devrais le frapper aussi !

MADELEINE, *avec effroi.*

Le frapper, moi ?...

SIMON.

Oui, toi ! Car il pensait, en me blessant, t'atteindre.
Il a bien su voler, mais il ne sait pas feindre.
— Réponds-moi, malheureux, puisqu'il te reste encor
L'amour du vrai : pourquoi m'as-tu volé cet or ?...

BERNARD, *désignant Madeleine.*

Je voulais empêcher qu'elle devînt sa femme !

SIMON, *dont la colère tombe soudain, dit avec amertume.*

Son mariage avec l'autre !... Donc tout ce drame :
Ta lutte avec le mal, ton crime, ton remords,
Mon désespoir !... Tant de malheurs, bientôt des morts !...
Tout cet enchaînement de ténébreuses choses
Naissait d'un germe unique enfoui sous les causes...
Tu voulais empêcher ce mariage ?... Eh ! bien,
Ton crime, pauvre fou, tu l'as commis pour rien !

MADELENE.

Père ? que dites-vous ?...

SIMON.

Je dis... qu'à l'instant même
Où son âme,

Désignant Bernard.

oubliant l'honneur et le baptême,
Se décidait au vol..., son rival, qu'il craint tant,
Reprenait sa parole !... Il m'insulte en partant.

Silence général.

MADELEINE, *fervente, à son père.*

Mon père !... Cœur si bon, bientôt las de maudire,
Laissez-moi lui parler... Je sais ce qu'il faut dire...

Noblement, simplement, à Bernard.

Puisqu'un aveu d'amour a suivi l'autre aveu,
O Bernard ! je me sens votre complice un peu...
Pourtant ne croyez pas échapper à mes blâmes :
Vous avez mal choisi le lien de nos âmes...
Croire qu'un vol pourrait me rapprocher de vous,
C'était nourrir de vains projets, des espoirs fous !
L'imprévoyant semeur qui, dans son ignorance,
Confie au sol mauvais la fleur de l'espérance,

Pour que la fleur pût naître et vivre en pareil lieu,
Il ne faudrait rien moins qu'un miracle de Dieu !...
La semence taira son secret sous la terre...
Nous, gardons, entre nous, à jamais, ce mystère
De la graine qu'aucun soleil ne fait germer...
Vous, craignez de laisser le sol se refermer
Sur le grain qui promet la ronce et les épines.
Plus riches de parfums, je sais des fleurs divines
Qui sont le charme exquis des cœurs à l'abandon :
Le fleurs du repentir et les fleurs du pardon.
Repentez-vous, Bernard, afin qu'on vous pardonne,
Et, docile aux conseils meilleurs que je vous donne,
Remettez en nos mains l'or que vous avez pris...

BERNARD, *dans les sanglots.*

Je ne l'ai plus, cet or !... Lorsque l'on a surpris
Mon geste..., j'ai jeté...

JÉROME, *rectifiant.*

Non ! Chacun se rappelle !...
Il voulait *se jeter*... L'émotion fut telle
Que, sans rien raisonner... Je ne sais pas encor
Comment nous avons pu...

BERNARD.

J'ai jeté tout cet or
Dans la cuve !...

*Musique. On entend à ce moment la symphonie divine de cloches et
de harpes joyeuses en laquelle Simon reconnaît le son idéal qu'il
cherchait.*

SIMON, *dans l'extase.*

Ecoutez !... C'est le chant de ma fée !...
C'est la voix du matin, que j'avais tant rêvée !...
Ah ! Je comprends !...

MADELEINE, *à genoux.*

Voici le miracle, mon Dieu !

SIMON, *dans un éclat joyeux.*

C'est de l'or qu'il fallait, et non du cuivre...

BERNARD, *voulant s'élancer.*

Adieu !

SIMON, *l'arrêtant.*

Adieu ?... Non pas, Bernard ! Je ne veux pas. Non ! Reste !
Dieu lui-même t'absout, et sa cloche m'atteste
Que le ciel indulgent accueille tes aveux.

BERNARD.

Non, Maître ; je ne puis rester...

SIMON.

Si ! Tu le peux.
Tu partais humblement, sans détourner la tête,
Laissant derrière toi, par toi, des cœurs en fête,
— L'un de ces cœurs pourtant blessé par ton départ...
Donc l'expiation dans ton âme eut sa part.
Cela suffit. Ton cœur est pur, ton âme est digne...
La voix qui chante enfin dans la cloche est le signe
Que Dieu consent. Ma fille, il nous faut pardonner.

MADELEINE, *contenant son émotion.*

Oui, mon père. A présent... la cloche peut sonner !...

Symphonie d'allégresse.

SIMON, *dans l'enthousiasme.*

Toi, qui sonneras par la plaine
Tant d'appels de joie et de deuil,
Cloche, nous faisons bon accueil
Aux accents dont ton âme est pleine.

Dis-nous qu'ici-bas rien ne vaut
Sans un peu d'or dans son essence,
Toi, qui contiens, dès ta naissance,
Le métal-symbole d'En-Haut !

— Mettons de l'or dans nos ouvrages
Afin que, sûrs des lendemains,
Ils bravent, sortant de nos mains,
Le temps et ses lointains outrages !

Enfants, suivez, dans vos amours,
Le conseil que la cloche adresse ;
Mettez-y l'or de la tendresse,
Afin de les garder toujours !...

LE CORRESPONDANT

PARIS — 31, rue Saint-Guillaume (VIIe)

96e Année. — Paraît le 10 et le 25 de chaque mois.

FRANCE et COLONIES.	UN AN..... 60 fr.		ETRANGER.	UN AN.... 70 fr.
	6 MOIS..... 31 fr.			6 MOIS.... 36 fr.

UN NUMÉRO.......... 4 fr.

Le Correspondant, fondé en mars 1829, est la plus ancienne Revue française. A travers les difficultés de toute sorte, il est demeuré constamment fidèle au programme de ses illustres fondateurs : « réunir les représentants les plus qualifiés des diverses opinions politiques sur le terrain commun des croyances et des libertés chrétiennes ».

Le Correspondant a été et demeure toujours ouvert aux jeunes, pourvu qu'ils aient du talent et une sérieuse compétence. C'est ainsi qu'il accueillit, à leurs débuts, des écrivains qui ont conquis leur place au premier rang. Il suffira de citer, entre autres: MM. Thureau-Dangin, de la Gorce, René Bazin, René Doumic, Henry Bordeaux, de l'Académie française, de Lanzac de Laborie, Avesnes, Fortunat Strowski, Max Turmann, Fernand Engerand. et, dans l'Eglise, le cardinal Perraud, Mgr Mignot, Mgr Chapon Mgr Lagrange, Mgr Julien, l'abbé Félix Klein, l'abbé Augustin Sicard, etc.

Pour donner une idée de la variété de sa collaboration, il faudrait mentionner es plus grands noms et les plus connus des lettres et des sciences. D'abord les vrais maîtres qui inspirent toujours leurs successeurs : Montalembert, Lacordaire, Dupanloup, Falloux, Cochin, Foisset, de Meaux, de Vogüé, le duc Albert de Broglie, l'abbé de Broglie, Mgr d'Hulst, Albert de Lapparent, Léon Ollé-Laprune; — puis le P. Didon, le P. du Lac, le cardinal Mathieu, le cardinal Touchet, Chesnelong, Keller, de Mun, la Tour du Pin, Etienne Lamy, Georges Goyau, Ferdinand Brunetière, Mgr Gibier, Mgr Baudrillart, Mgr Batiffol, le P. Lagrange, l'abbé Henri Bremond, Jean Brunhes, P. de Nolhac, Henri Joly, André Pératé, G. Fonsegrive, Imbart de la Tour, Charles Dupuis, A. de Lapradelle, Maurice Denis, Paul Claudel, Charles Péguy, G. Lenôtre, Maurice Barrès, André Bellessort, Firmin Roz, Jules Simon, Emile Ollivier, le général Maitrot, l'amiral Berryer, l'amiral Bienaimé, l'amiral Darrieus, Le Cour Grandmaison, Ernest Psichari, Colette Yver, Grazia Deledda, Selma Lagerlof, les maîtres les plus réputés des Universités et des Ecoles catholiques, etc., etc.

Le Correspondant est, sans doute, la Revue où paraît le plus souvent la signature ***. Elle voile les noms des personnalités les plus réputées de l'armée, de la diplomatie, ou des grands corps d l'Etat, qu'un scrupule d'indépendance empêche de découvri au public leur identité.

Grâce à cette rédaction d'élite, *le Correspondant* a conquis une réputation incontestée pour la solidité de la documentation et l'indépendance des jugements. Sur les grandes questions de politique intérieure et étrangère, il a certainement publié, depuis plus de dix ans, les études les plus sûres et les plus perspicaces. En particulier il a étudié durant et depuis la guerre l'Esprit public et la situation dans tous les pays du monde, en plus de 150 articles.

La chronique politique y est maintenant confiée au comte Bernard de Lacombe; — la critique historique à M. de Lanzac de Laborie; — la revue des sciences, à M. Francis Marre; — la chronique des lettres, à MM. Praviel, Bellessort, Bremond, Strowski; — la critique musicale et théâtrale, à M. Maurice Brillant; — le mouvement économique, à M. Antoine de Tarlé, secrétaire général de la Chambre de Commerce de Lyon; — les idées et les faits sociaux, à M. Max Turmann, membre du Comité directeur des Semaines sociales, professeur à l'Ecole polytechnique de Zurich et à l'Université de Fribourg; — les Regards sur la vie à M. Joubert, etc.

Ainsi conçu — et dirigé avec une indépendance totale soit des coteries politiques soit de la finance, — *le Correspondant* continue d'être à la fois une Revue d'élite et une Revue de vulgarisation pour le grand public, qui vient à elle de plus en plus nombreux, parce qu'il sait que *le Correspondant* préfère aux mots qui flattent les vérités qui servent.

PARIS. — L. DE SOYE, IMPR., 18, R. DES FOSSÉS-S.-JACQUES.

9 782329 198286